봄날의책 세계시인선

은엉겅퀴

봄날의책 세계시인선

라이너 쿤체 지음   전영애·박세인 옮김

봄날의책

일러두기
　　　한 편의 시가 다음 면으로 이어질 때 연이 나뉘면 여섯 번째 행에서,
　　　연이 나뉘지 않으면 첫 번째 행에서 시작한다.

차례

I 명상

명상 13

그때면 15

야행(夜行) 17

빠른 야행 19

자살 21

의미 하나를 찾아낼 가능성 23

은(銀)엉겅퀴 25

녹슨 잎 알펜로제 27

인간이라는 말 29

죽어 가는 나무들 아래서 31

작은 개 33

현실 같지 않던 오월 어느 날 35

여름에 날마다 5시 30분이면 37

보리수 꽃핀다, 그리고 밤이다 39

II 키 큰 나무숲

지빠귀와의 대화 45

민감한 길 47

키 큰 나무숲은 그 나무들을 키운다 49

우화의 끝 51

예술의 끝 53

단기 교육 55

조각 습작 세 점 57

검열의 필요성에 대하여 61

한 잔 재스민 차에의 초대 63

아픔새 [鳥] 65

뒤셀도르프 즉흥시 67

장벽 69

III 푸른 외투를 입은 그대에게

사랑 73

둘이 노 젓기 77

푸른 외투를 입은 그대에게 79

매일 81

아침의 수리 83

어느 계절에나 가는 산보 85

기차 타고 가기 87

십일월 89

보리수 91

당부, 그대 발치에 93

IV 시

시학(詩學) 97

만국어 동전 99

자동차를 돌보는 이유 101

푸아드 리프카 103

큰 화가 제슈에 대한 전설 107

남십자성 109

시인 출판인 111

시적, 폴로네이즈적 순간 113

하이쿠 교실 115

노령의 하이쿠 117

V　메아리 시조

동아시아 손님　121

메아리 시조　123

위로를 모르는 시조　125

어느 분단국을 위한 쓸쓸한 시조　127

서울, 궁(宮)　129

서울의 거리 모습　131

서울의 선교　133

메가메트로폴리스 서점　135

노명인과의 드라이브　139

오죽(烏竹)　141

절 너머　143

옛 문체로 쓴 한국의 귀한 옛날 일　145

하지만 노래 속에서는　147

VI   나와 마주하는 시간

흩어진 달력종이   153

뒤처진 새   155

종말의 징후   157

젊은 젤마 메어바움-아이징어 시인을 위한 묘비명   159

나와 마주하는 시간   161

사물들이 말이 되던 때   163

인간에게 부치는 작은 아가(雅歌)   165

늙어   167

말을 잃고   169

우리 나이   171

우리를 위한 하이쿠   173

이젠 그가 멀리는 있지 않을 것   175

옮긴이의 말   177

I 명상

MEDITIEREN

Was das sei, tochter?

Gegen morgen
noch am schreibtisch sitzen, am hosenbein
einen nachtfalter der
schläft

Und keiner weiß vom anderen

명상

딸아, 이게 무얼까?

날이 밝아 오는데도
여태 책상에 앉아 있는 것, 바짓가랑이에는
잠자는
나방 한 마리

아무도 다른 이를 알지 못하네

DANN

Eines tages wird uns in der seele frösteln,
und die landschaft wird uns zu knapp sein,
um sie zusammenzuziehen
über der brust

Dann werden wir die säume abgreifen,
ob etwas eingeschlagen ist

그때면

어느 날 우리, 문득 영혼 속이 떨리리
풍경은 벅차리,
가슴 위에
담아 안기에

그때면 우리, 자락이 다 닿도록 더듬으리,
무언가가 던져져 들어와 있지 않은가 하고

NACHTFAHRT

Ein licht vor sich herschickend, zufahren
auf ein licht

Auf die möglichkeit eines lichts

Auf einen lichtschalter der
nicht berührt werden wird

Unter dessen lampe
du schläfst

야행(夜行)

빛 하나를 앞으로 보내며, 달려가기
빛 하나를 향하여

빛 하나의 가능성을 향하여

손 닿지 않을
전등 스위치를 향하여

그 등 아래
그대가 잠자고 있는데

SCHNELLE NACHTFAHRT

Niemals wird es uns gelingen, die welt
zu enthassen

Nur daß am ende uns nicht reue heimsucht
über nicht geliebte liebe

빠른 야행

한 번도 우리가 해낸 적이 없다, 세상을
떠날만치 미워하는 일을

끝에 가서 회한이 우리를 엄습하지 않기만,
사랑받지 못한 사랑에 대하여

SELBSTMORD

Die letzte aller türen

Doch nie hat man
an alle schon geklopft

자살

모든 문들 중 마지막 문

그렇지만 아직 한 번도
모든 문을 다 두드려 본 적 없다

MÖGLICHKEIT, EINEN SINN ZU FINDEN

Für M.

Durch die risse des glaubens schimmert
das nichts

Doch schon der kiesel
nimmt die wärme an
der hand

의미 하나를 찾아낼 가능성

M.을 위하여

믿음의 균열을 뚫고 비쳐 나오는
무(無)

하지만 조약돌도
가져간다, 손 안에 고인
온기를

SILBERDISTEL

Sich zurückhalten
an der erde

Keinen schatten werfen
auf andere

Im schatten der anderen
leuchten

은(銀)엉겅퀴*

뒤로 물러서 있기
땅에 몸을 대고

남에게
그림자 드리우지 않기

남들의 그림자 속에서
빛나기

* 민들레처럼 낮은 키에 딱 한 송이 흰색 꽃이 피는 엉겅퀴. 보호종이다.

ROSTBLÄTTRIGE ALPENROSE

Was blühen muß, blüht
in geröll auch und gestein
und abseits jedes blickes

녹슨 잎 알펜로제*

꽃 피어야만 하는 것은, 꽃 핀다
자갈 무더기 속에서도 돌 더미 속에서도
어떤 눈길 닿지 않아도

* Alpenrose. 알프스 고산지대에서 자라는 진달랫과의 꽃. 산의 고도에 따라
20~30센티에서 2~3센티로 키가 줄어든다.

DAS WORT MENSCH

Wo Liebe nicht ist,
sprich das Wort nicht aus.
Johannes Bobrowski

Wo immer der mensch
dem menschen
der mensch ist —

sprich es aus,
das wort

Um der scham willen

인간이라는 말

어디든 인간이
인간에게
인간인 곳에서는―

발언하라
그 말을

부끄러움을 위하여

UNTER STERBENDEN BÄUMEN

Wir haben die erde gekränkt, sie nimmt
ihre wunder zurück

Wir, der wunder
eines

죽어 가는 나무들 아래서

우리가 대지를 모욕했다, 대지가
자신의 기적*을 회수하고 있다

기적의
하나인, 우리가

* 독일어에서 '기적(Wunder)'과 '상처(Wunde)'의 발음이 비슷하다.

DER KLEINE HUND

Für J., den herrn

Nie um zu beißen
werfe sich der kleine hund
entgegen der gefahr, in der luft
sich um die eigne achse drehend
und erwartend, daß sein herr
ihm beispringt

Er zeige
mitgefühl, der kleine hund,
und könne einen menschen
lieben

Der preis des herrn: des kleinen hundes
hund zu sein

Spränge, freund, der kleine hund
der einsamkeit
doch an die kehle

작은 개

주인 J.를 위하여

결코 무는 일이 없도록
작은 개는 위험을 무릅쓰고
몸을 던지거라, 허공에서
빙그르 돌며
제 주인이
곁으로 뛰어와 주기를 기다리며

보여주거라
작은 개는 공감을
그리고 한 인간을
사랑하거라

주인이 치르는 대가. 그 작은 개의
개가 되는 것

뛰어올라 주었으면, 친구, 작은 개여
외로움의
목젖까지

UNWIRKLICHER MAITAG

So sehr blühten die kirsch- und mostbirnbäume,
daß sie sich verwandelten
in weißes gewölk

Das dorf, eingeblüht,
schwebte davon

Mit unserem weißen haar
täuschten wir vor dazuzugehören
und wurden schwerelos

현실 같지 않던 오월 어느 날

벚나무 배나무들이 어찌나 꽃피었는지
흰구름 무더기로
변해 버리고

마을은, 속속들이 피어 들어온
꽃으로 둥둥 떠 있었네

머리 희다고
우린 꽃 가운데 하나인 척했지
그리고 무게가 없어졌지

SOMMERS TÄGLICH 5 UHR 30

Mit grellem schrei
und einem flügeltrommelschlag
eröffnet der fasan
den tag

Dann knarrt er vor sich hin
bis 6 uhr 3
und läßt mich wissen,
daß er mich nicht mag

여름에 날마다 5시 30분이면

찢듯이 울어대어
북 두드리듯 날개 퍼덕여
꿩이
하루를 연다

그러고는 내내 꺽꺽거린다
6시 3분까지
그래서 나로 하여금 알게 한다,
그가 나를 좋아하지 않는다는 것을

DIE LINDE BLÜHT, UND ES IST NACHT

Die Luft ... so warm und todesruhig
Adalbert Stifter

Die linde blüht, und es ist nacht
Das dröhnen der bienen ist verstummt, statt ihrer
wimmelt es von sternen

Den wanderimker mensch, der nachts mit seinen
    bienenstöcken —
die schieber geschlossen, die lüftungsklappen geöffnet —
knirschenden rades aufbrach
zu neuen weiden,
                gelüstet's
nach anderem honig

Er hat die krümmung des himmels vermessen
und bricht auf
zu jenen fernen schimmernden schwärmen

In ihm rumoren Evas gene

Doch so weit er auch den radius seiner himmelskugel
ins unermeßliche verlängert, fliegen wird er immer nur
entlang der innenseite

보리수 꽃핀다, 그리고 밤이다

공기는… 이렇게 따뜻하고 죽음처럼
고요하다
— 아달베르트 슈티프터

보리수 꽃핀다, 그리고 밤이다
벌들의 요란한 웅웅거림 그쳤다, 벌들 대신
붐빈다, 별들이

사람은 떠돌이 양봉쟁이, 밤이면 벌통을 들고—
미닫이 뚜껑은 닫고, 환기구 막이는 열어 놓고—
바퀴 삐걱거리며 불쑥
새 풀밭을 찾아 떠났다,
                    불현듯 다른 꿀에
마음이 끌려

하늘의 기울음을 재어 보고는
불쑥 그는 떠나지
저 먼 곳의 희미하게 빛나는 무리에게로

몸 안에서는 이브의 유전자가 돌고 있다

하지만 그가 제아무리 자기 하늘 원구의 지름을
측량할 수 없이 늘여도, 그는 늘 오로지
안쪽 면만을 따라서 날고 있을 뿐

Wollten wir das anderssein der welt
begreifen, müßten wir
andere sein

Wir menschen unter linden, die blühn,
und es ist nacht

세계의 다름을 우리가
이해하려 한다면, 우리 자신이
달라져 있어야 하리

우리 사람은 꽃피는 보리수 아래
그리고 밤이다

II 키 큰 나무숲

GESPRÄCH MIT DER AMSEL

Ich klopfe an bei der amsel
Sie
zuckt zusammen
Du? fragt sie

Ich sage: es ist still

Die bäume
loben die lieder der raupen, sagt sie

Ich sage: ... der raupen?
Raupen können nicht singen

Das macht nichts, sagt sie,
aber sie sind grün

지빠귀와의 대화

지빠귀네 집 문을 두드리다
지빠귀는
흠칫하며
묻는다, 너니?

내가 말한다, 조용하구나

나무들이
애벌레들의 노래를 칭찬하고 있어, 지빠귀가 말한다

내가 말한다. … 애벌레들의 노래라고?
애벌레들은 노래를 못하는데

노래를 못해도 괜찮아, 지빠귀가 말한다
걔들은 초록색이잖아

SENSIBLE WEGE

Sensibel
ist die erde über den quellen: kein
baum darf
gefällt, keine wurzel
gerodet werden

Die quellen könnten
versiegen

Wie viele bäume werden
gefällt, wie viele wurzeln
gerodet

in uns

민감한 길

샘물들 위의 땅은
민감하나니 나무 한 그루도
베어져서는 안 된다, 뿌리 하나
뽑혀서도 안 된다

샘물들이 마를 수도 있으니까

얼마나 많은 나무들이
베어졌던가, 얼마나 많은 뿌리들이
뽑혔던가

우리들 마음속에서

DER HOCHWALD ERZIEHT
SEINE BÄUME

Der hochwald erzieht seine bäume

Sie des lichtes entwöhnend, zwingt er sie,
all ihr grün in die kronen zu schicken
Die fähigkeit,
mit allen zweigen zu atmen,
das talent,
äste zu haben nur so aus freude,
verkümmern

Den regen siebt er, vorbeugend
der leidenschaft des durstes

Er läßt die bäume größer werden
wipfel an wipfel:
Keiner sieht mehr als der andere,
dem wind sagen alle das gleiche

키 큰 나무숲*은 그 나무들을 키운다

키 큰 나무숲은 그 나무들을 키운다

나무들에게 빛을 잊는 습관을 들이며, 강요한다
그들의 푸르름 모두를 나무 꼭대기로 보낼 것을
모든 가지로 숨 쉬는
능력을,
오로지 저렇듯 기쁨에서만 가지 치는
재능을,
줄일 것을

그 숲은 비를 채로 거른다
상습적인 목마름을 예방하느라

키 큰 나무숲은 나무들을 더욱 키 크게 한다
우듬지에 우듬지가 잇대어
이제 나무가 보는 것은 다른 나무뿐,
어느 나무나 바람에게 하는 말이 똑같다

* 숲을 조성할 때 나무를 밀식하면 나무가 쓰임새 있게 곧게 자란다. '키 큰
   나무숲'은 개성보다는 유용성을 강조하는 사회에 대한 은유이다.

DAS ENDE DER FABELN

Es war einmal ein fuchs ...
beginnt der hahn
eine fabel zu dichten

Da merkt er
so geht's nicht
denn hört der fuchs die fabel
wird er ihn holen

Es war einmal ein bauer ...
beginnt der hahn
eine fabel zu dichten

Da merkt er
so geht's nicht
denn hört der bauer die fabel
wird er ihn schlachten

Es war einmal ...

Schau hin schau her
Nun gibt's keine fabeln mehr

우화의 끝

옛날에 어떤 여우가 있었다…
라고 수탉이
우화를 짓기 시작한다

그러나 수탉은 알아차린다
이렇게 나가서는 안 된다고
여우가 그 우화를 들었다가는
자신을 물어 갈 테니까

옛날에 어떤 농부가 있었다…
라고 수탉이 우화를 짓기 시작한다

그러나 수탉은 알아차린다
이렇게 나가서는 안 된다고
농부가 그 우화를 들었다가는
자신을 잡아 버릴 테니까

옛날에…

이리 보고 저리 보아라
이제 우화는 없다

DAS ENDE DER KUNST

Du darfst nicht, sagte die eule zum auerhahn,
du darfst nicht die sonne besingen
Die sonne ist nicht wichtig

Der auerhahn nahm
die sonne aus seinem gedicht

Du bist ein künstler,
sagte die eule zum auerhahn

Und es war schön finster

예술의 끝

넌 그럼 안 돼, 라고 부엉이가 뇌조*한테 말했다
넌 태양을 노래하면 안 돼
태양은 중요하지 않아

뇌조는
태양을 자신의 시(詩)에서 빼 버렸다

넌 이제야 예술가로구나,
라고 부엉이는 뇌조에게 말했다

그리하여 아름답게 캄캄해졌다

* 들꿩과의 새.

KURZER LEHRGANG

Dialektik
Unwissende damit ihr
unwissend bleibt

werden wir euch
schulen

Aesthetik
Bis zur entmachtung des
imperialismus ist
als verbündet zu betrachten

Picasso

Ethik
Im mittelpunkt steht
der mensch

Nicht
der einzelne

단기 교육

변증법
무지한 자들아 너희가 언제까지고
무지하도록

우리가 너희를
교육하겠다

미학
제국주의를
무력화하기까지는
동맹원으로 간주될 수 있다

피카소도

윤리학
중심에 선 것은
인간

개인은
아니다

DREI BILDHAUERETÜDEN

Für Elly-Viola Nahmma

1

Auch nach dem sturz
stirbt der baum im baum
nur langsam

Wie im menschen der mensch

Ihm den
kern nehmen,
aushöhlen ihn

Das
macht brauchbar

조각 습작 세 점

엘리-비올라 나마허를 위하여

1

베어져 쓰러진 다음에도
나무 속의 나무는
천천히 죽을 뿐

사람 속의 사람처럼

사람에게서
심(芯)을 빼고
속을 파내기

그게
쓸모 있게 만드는 일

2
(*auftrag zu einer weihnachtskrippe*)
Das volk
will ochs und esel

Auch den hauch ihres atems
wenn möglich
aus holz

RICHTIG NATÜRLICH

3
Und wieder und wieder gekreuzigt
Christus

in holz und stein
kupfer und eisen
glas und gips

Aber die auferstehung

2

(성탄절 예수 탄생 모형 제작 의뢰)
인민이
황소와 당나귀를 원한다

그들이 내쉬는 입김도
될 수 있다면
목재로

제대로 자연스럽게

3

다시 또다시 십자가에 못 박혀 있다
그리스도는

목재와 돌 안에
청동과 강철
유리와 석고 안에

그러나 부활

VON DER NOTWENDIGKEIT DER ZENSUR

Retuschierbar ist
alles

Nur
das negativ nicht
in uns

검열의 필요성에 대하여

모든 것은
곱게 수정될 수 있다

안 되는 건 오직
우리들 마음속의
네거티브 필름*

* 네거티브 필름. 네거티브 필름에 수정을 가하면 보정된 고운 사진을 뽑을
  수 있다. das negativ는 '네거티브 필름'뿐만 아니라 '부정(否定)'으로도
  번역된다.

EINLADUNG ZU EINER TASSE JASMINTEE

Treten Sie ein, legen Sie Ihre
traurigkeit ab, hier
dürfen Sie schweigen

한 잔 재스민 차에의 초대*

들어오세요, 벗어놓으세요, 당신의
슬픔을. 여기서는
침묵하셔도 좋습니다

* 강성의 프로파간다 언어가 난무하는 사회주의 국가 동독에서 이 낮은
목소리의 시는, 지식인들 사이에서 저항의 표지로 쓰였다.

DER VOGEL SCHMERZ

Nun bin ich dreißig jahre alt
und kenne Deutschland nicht:
Die grenzaxt fällt in Deutschland wald
O land, das auseinanderbricht
im menschen

Und alle brücken treiben pfeilerlos

Gedicht, steig auf, flieg himmelwärts!
Steig auf, gedicht, und sei
der vogel Schmerz

아픔새 [鳥]

이젠 서른인데
나 독일을 모르네
국경 도끼가 독일 숲을 찍어
오 나라여, 쪼개졌구나
사람 속에서

하여 모든 교량이 교각 없이 떠돈다

시여, 솟거라, 하늘 향해 날거라!
솟거라, 시여, 되거라
'아픔'새 [鳥]

DÜSSELDORFER IMPROMPTU

Der himmel zieht die erde an
wie geld geld

Bäume aus
glas und stahl, morgens
voll glühender früchte

Der mensch
ist dem menschen
ein ellenbogen

뒤셀도르프* 즉흥시

하늘이 땅을 끌어당긴다
돈이 돈을 끌어당기듯

유리와 강철의
나무들, 아침이면
이글거리는 열매로 가득 차고

인간은
인간에게
밀쳐 내는 팔꿈치**

* 뒤셀도르프는 전형적 상업 도시로 자본주의의 면모가 뚜렷이 드러나는 곳이다.
  처음 서독에 와 본 동독 시인의 눈에 비친 서독의 모습이기도 하다.
** 남들을 팔꿈치로 밀쳐 내듯 밀어 내야 앞으로 나아간다는 식의 비정한
  경쟁이 자행되는 능률사회를 독일에서는 "팔꿈치 사회(Ellenbogengesellschaft)"
  라고 부른다.

DIE MAUER

3. 10. 1990

Als wir sie schleiften, ahnten wir nicht,
wie hoch sie ist
in uns

Wir hatten uns gewöhnt
an ihren horizont

Und an die windstille

In ihrem schatten werfen
alle keinen schatten

Nun stehen wir entblößt
jeder entschuldigung

장벽

1990. 10. 3. (독일 통일의 날)

그걸 조금씩 갈아 낮추던 때, 우리는 예감도 못했다
우리들 마음속에서 그것이
얼마나 높은지

우리는 이미 익숙했다
그것이 만드는 지평선과

바람도 멎은 정적에

그 그늘 속에서는
아무도 제 그림자 드리우지 않았다

이제 우리는 맨몸으로 서 있다
모든 변명을 잃고

III 푸른 외투를 입은 그대에게

DIE LIEBE

Die liebe
ist eine wilde rose in uns
Sie schlägt ihre wurzeln
in den augen,
wenn sie dem blick des geliebten begegnen
Sie schlägt ihre wurzeln
in den wangen,
wenn sie den hauch des geliebten spüren
Sie schlägt ihre wurzeln
in der haut des armes,
wenn ihn die hand des geliebten berührt
Sie schlägt ihre wurzeln,
wächst wuchert
und eines abends
oder eines morgens
fühlen wir nur:
sie verlangt
raum in uns

사랑

사랑은
우리 마음속에 피는 한 송이 야생장미
뿌리 내리지
두 눈 안에다,
연인의 시선을 마주치면
뿌리 내리지
두 뺨 안에다,
연인의 입김을 느끼면
뿌리 내리지
팔의 살갗에다,
연인의 손이 닿으면
뿌리 내리지
자라지 무성해지지
그리하여 어느 저녁
혹은 어느 아침
우리가 다만 느끼지
사랑이 우리 마음속에
방을 요구하는 걸

Die liebe
ist eine wilde rose in uns,
unerforschbar vom verstand
und ihm nicht untertan
Aber der verstand
ist ein messer in uns
Der verstand
ist ein messer in uns,
zu schneiden der rose
durch hundert zweige
einen himmel

사랑은
우리 마음속에 피는 한 송이 야생장미
머리로는 규명이 되질 않고
그 신하가 되지도 않아
그리고 머리는
우리 마음속 한 개 칼
머리는
우리 마음속 한 개 칼
장미에게서 도려내지,
수백의 가지를 뚫고
하늘 하나를

RUDERN ZWEI

Rudern zwei
ein boot,
der eine
kundig der sterne,
der andre
kundig der stürme,
wird der eine
führen durch die sterne,
wird der andre
führen durch die stürme,
und am ende ganz am ende
wird das meer in der erinnerung
blau sein

둘이 노 젓기

둘이 노 젓기
배 한 척을,
하나는
별들이 훤하고
또 하나는
폭풍들이 훤하고
하나가
별들을 헤치며 이끌면
또 하나는
폭풍들을 헤치며 이끌리
그리하여 끝에 가서는 아주 끝에 가서는
바다가 추억 속에서
푸르리

AUF DICH IM BLAUEN MANTEL

Für Elisabeth

Von neuem lese ich von vorn
die häuserzeile suche

dich das blaue komma das
sinn gibt

푸른 외투를 입은 그대에게

엘리자베트를 위하여

다시금 앞에서부터 읽는다
집들의 열*을 찾는다

너를, 푸른 쉼표를
의미를 주는 쉼표를

* Zeile의 더 보편적인 뜻은 글의 '행'이다.

JEDER TAG

Für Elisabeth

Jeder tag
ist ein brief

Jeden abend
versiegeln wir ihn

Die nacht
trägt ihn fort

Wer
empfängt ihn

매일

엘리자베트를 위하여

하루하루는
한 장의 편지

저녁마다
우리는 그것을 봉인한다

밤이
그것을 멀리 나른다

누가
받을까

INSTANDESETZUNG DES MORGENS

In der fliese
ein sprung:
        ein haar
von deinem haar

So viele fallen aus, verzeih!

Jedes ein trost:
du *bist*

아침의 수리

타일 가운데
튀어오름 하나
　　　　　　한 올
당신의 머리카락

이렇게나 많이 빠지네, 미안해요!

한 올 한 올이 위로다
당신의 있음이다

SPAZIERGANG ZU ALLEN
JAHRESZEITEN

Für E.

Noch arm in arm
entfernen wir uns voneinander

Bis eines wintertags
auf dem ärmel des einen
nur schnee sein wird

어느 계절에나 가는 산보

E.를 위하여

팔에 팔을 낀 채
우리는 멀어져 가고 있다

어느 겨울날까지
한 사람의 옷소매 위에
눈만 내려 있을 날까지

ZUGFAHRT

Der eine wird noch eine zeitlang
weiterleben müssen

Am schlimmsten wird es sein
in zügen

Zwischen zielen
ohne liebe

기차 타고 가기

한 사람은 아직도 한참을
더 살아야 하리라

가장 나쁜 건 아마,
기차에서

두 목적지 사이에
사랑 없이 있음

NOVEMBER

Der himmel schneeschwarz,
und im teich beginnt's
heraufzuschneien

Lautlos

Wie in uns, wenn wir ergrauen

십일월

하늘은 눈[雪]으로 검고
연못 속에서는
눈이 솟아오르기 시작한다

소리 없이

머리카락이 세어 갈 때, 우리 마음속에서처럼

DIE LINDE

Wir pflanzten sie
mit eigener hand

Nun legen
den kopf wir in den nacken
und lesen ab an ihr,
was uns, wenn's hoch kommt,
bleibt an zeit

Als ahne sie's, füllt sie
den himmel uns mit blüten

보리수

우리가 심었지
우리 손으로

이제 우리 한껏
고개를 뒤로 젖혀
나무에서 읽어낸다,
때가 차자면, 우리에게
얼마의 시간이 남았는지

감을 잡은 듯, 보리수는
우릴 위해 하늘을 채워 준다, 꽃송이들로

BITTGEDANKE, DIR ZU FÜSSEN

Stirb früher als ich, um ein weniges
früher

Damit nicht du
den weg zum haus
allein zurückgehn mußt

당부, 그대 발치에

나보다 일찍 죽어요, 조금만
일찍

집으로 돌아오는 길을
혼자 와야만 하는 이
당신이 아니도록

IV 시

POETIK

Für Jakub Ekier

So viele antworten gibt's,
doch wir wissen nicht zu fragen

Das gedicht
ist der blindenstock des dichters

Mit ihm berührt er die dinge,
um sie zu erkennen

시학 (詩學)

야쿠프 에키에르를 위하여

많은 답(答)들이 있지만
우리는 물을 줄 모른다

시(詩)는
시인의 맹인 지팡이

그걸로 시인은 사물을 짚어 본다,
인식하기 위하여

MÜNZE IN ALLEN SPRACHEN

Wort ist währung

Je wahrer,
desto härter

만국어 동전

말은 화폐

진짜일수록,
그만큼 더 단단하다

GRÜNDE, DAS AUTO ZU PFLEGEN

Schon wieder in der garage!
(die tochter beim anblick des verlassenen
schreibtischs)

Wegen
der großen entfernungen, tochter

Wegen der entfernungen
von einem wort zum andern

자동차를 돌보는 이유

또 차고에 있군요!
(딸이 버려둔 책상을 보며)

머나먼 거리
때문이란다, 딸아

머나먼 거리 때문이지
한 단어에서 다음 단어까지의

FUAD RIFKA

... Auf dem Trümmerfeld der Erde
Immer noch ein Jasminstrauch,
der das Auge überrascht,
ein Abendstern
F. R.

Was wäre er, sagte er,
ohne Deutschland,
und meinte
          Hölderlin, Novalis, Rilke

Den belächlern verschlug es
das lächeln

Gelobt sei
das arabische schriftmeer,
das ehrfurcht erweckt auch vor dem,
was er trägt

푸아드 리프카

…대지의 폐허 위에
아직도, 눈을 놀라게 하는
재스민 덤불나무 하나,
저녁별 하나
— F. R.*

자기가 무엇이겠느냐고, 그가 말했다,
독일이 없었더라면
그러면서 그가 뜻하는 건

　　　　　　　　　휠덜린, 노발리스, 릴케

웃던 사람들에게 그 말은
웃음을 막는다

찬양받을지어라
아라비아의 문자 바다
그것이 지닌 것에 대한
경외심을 일깨우는 그 바다

Beim anblick seiner verse —
verzaubert vom horizont, über den sie kommen —
sagen wir:

       ... auf dem trümmerfeld der erde
noch immer ein gedicht,
das das auge überrascht,
ein abendstern

그의 시구들을 바라보다가—
시구들이 넘어오는 지평선에 매료되어—
우리가 말한다
                    … 대지의 폐허 위에
아직도, 눈을 놀라게 하는
시 하나
저녁별 하나

* Fuad Rifka. 시인 푸아드 리프카는 1930년 시리아에서 태어나 현재
  레바논에 살고 있다. 독일 튀빙겐에서 하이데거 미학으로 박사학위를
  받았으며, 여러 독일 시인의 시를 번역하고 독일에 아랍 문학을
  소개했다.

LEGENDE VOM GROSSEN MALER SESSCHU

Nichts nützliches tat
der schüler Sesschu, vertat
die zeit mit malen

Zur strafe ließ binden
der zenmeister ihn und werfen
in den turm

Da malte mit seinen tränen Sesschu
eine ratte, sie biß
die fessel durch

큰 화가 제슈에 대한 전설

쓸모 있는 일이라곤 무엇도 하지 못했다
제자 제슈는,
그림으로 시간을 허비했다

벌로 선사(禪師)는
그를 묶어 처넣었다
옥(獄)에다

거기서 제슈는 그의 눈물로 그렸다
쥐 한 마리를. 그 쥐가
포승을 물어 끊었다

KREUZ DES SÜDENS

Nächte, die dich steinigen

Die sterne stürzen herab
auf ihrem licht

Du stehst in ihrem hagel

Keiner trifft dich

Doch es schmerzt,
als träfen alle

남십자성

너를 돌로 치는 밤들

별들이 쏟아져 내린다
밤빛 위에서

너는 별 우박 속에 서 있다

어느 하나 너를 맞히지는 못한다

그런데도 아프다,
그 별들을 다 맞은 듯

DICHTERVERLEGER

Für Ryszard Krynicki

Für die existenz der poesie
die existenz riskieren

Die halbe bibliothek verkaufen,
um ein buch zu drucken

Es heften
mit dem eigenen lebensfaden

시인 출판인

리샤르트 크리니츠키를 위해

시의 생존을 위해
생존을 걸기

서재 절반을 팔아 버리기,
한 권의 책을 찍기 위해

그 책을 철하기
자신의 명줄로

MOMENT POÉTIQUE POLONAIS

Im foyer des restaurants SAVOY zu Lodz
schminkten drei schwestern, die die schwelle
    überschritten hatten
zum siebten jahrzehnt,
die mutter

Auf den lippen, die einem einst
Der himmel waren, zogen sie,
gott korrigierend,
das abendrot nach

시적, 폴로네이즈적 순간

로츠의 사보이 레스토랑 대기실에서
세 자매가 화장을 하고 있다
　칠십 문턱을
훌쩍 넘어서 버린 이들,
어머니

누군가에게 언젠가
하늘이었던 입술에다, 그녀들은 덧발라 준다
하느님을 수정하며
붉은 저녁노을을

SCHULE DES HAIKU

Fünf silben demut
sieben silben einsamkeit
fünf silben wehmut

하이쿠 교실

5음절 겸양
일곱 음절 외로움
5음절 슬픔

ALTERSHAIKU

Verzweifelt suchst du
nach den namen der dinge
Die welt entfernt sich

노령의 하이쿠

절망적 찾음,
사물들의 이름을.
세계, 멀어짐

V 메아리 시조

OSTASIATISCHER GAST

Hat sie hunger?
Nein
Hat sie hunger?
Nein
Hat sie hunger?
Ein wenig

Dreimal
klopfe gegen den berg,
beim dritten mal
wird er sich öffnen —
einen spalt

동아시아 손님

그녀 배가 고픈가?
아뇨
그녀 배가 고픈가?
아뇨
그녀 배가 고픈가?
약간

세 번
산(山)에다 대고 문 두드려야 한다
세 번째에야
열린다―
틈새 하나

ECHO-SIDCHO

... Dort hinten sind überm flachen Land
die Berge wie auf ein Bild gespannt.
Gern hätt ich in dieser grünen Welt
einen Krug voll Wein in den Wald gestellt—
ob sich ein Freund zu mir gesellt?
Ri Yulgok, 1536–1584, Korea

Nicht des weines wegen
im krug, nicht des kruges wegen
im wald, nicht des waldes wegen
im gedicht
            zög es mich
in dieses land mit bergen
wie aufs bild gespannt.

Ich wäre gern jener
in des dichters welt,
der wegen des gedichtes sich
zu ihm gesellt.

메아리 시조

일곡이 어드메고, 관암에 해 빗췬다
평무에 내 거드니 원산이 그림이로다
송간에 녹준을 놓코 벗 오는 양 보노라
— 이율곡, 1536-1584

숲이어서가 아니라
단지 안에 든, 단지여서가 아니라
숲 안에 든, 숲이어서가 아니라
시 안에 든,
            무언가에 나 끌리네
이 나라로, 산이
그림처럼 펼쳐져 있다는

기꺼이 시인의 세계 속
저이가 되어 보려네
시로 인해
시인의 벗이 된다는 이

SIDCHO, DAS KEINEN TROST WEISS

Das Grün des Wassers spricht von meines Liebsten Treue.
Das Wasser, ewig strömend, sucht das Neue.
Huang Jini, geb. 1516, Korea

Ich bin auf keinem Kontinent mehr ansässig ...
Langsam quillt das Harz der Frage:
Wohin mit mir?
Chon Young-Ae

Hierzulande ist's die farbe blau,
mit der das wasser von der treue spricht.
Die lust aufs neue unterscheidet
die wasser Asiens und Europas nicht.
So wie die tränen sich nicht unterscheiden,
gleich, welche farbe sich in ihnen bricht.

위로를 모르는 시조

물의 초록은 님의 변함없음을 말하네
물은, 영원히 흘러가며, 새로움을 찾네
— 황진이, 1516, 한국*

나 이제 어느 대륙에도 정주하지 못하고…
천천히 솟으며 맺히는 물음의 송진
나는 어디로?
— 전영애

님의 변함없음을 이야기하는 물빛은,
여기 우리네에서는 푸른빛.
새로움을 찾는 마음은 가르지 않네
아시아와 유럽의 물을.
안에서 무슨 빛깔이 비쳐 나오든,
눈물이 다르지 않듯.

---

* 시인이 인용한 "청산(靑山)은 내 뜻이요 녹수(綠水)는 님의 정(情)이"로
  시작하는 황진이 시조의 독일어 번역문이 원문과 상당히 차이가 있어,
  독일어 번역문을 다시 번역하여 수록하였다.

BITTERES SIDCHO FÜR EIN GETEILTES LAND

Wie gern doch möchte ich verlegen
den Pavillon: Wird dann geackert
ganz nahe an des Königs Wegen,
so sieht er, wie das Volk sich rackert.
O Sun, 14. Jahrh., Korea

Mag auch der pavillon am acker stehn,
wer nicht sehn will, wird kein geracker sehn.
Des königs hofstaat wird bezeugen,
daß sich die bauern nur verbeugen.
Wer weiß das besser als das land,
in dem der pavillon einst stand.

어느 분단국을 위한 씁쓸한 시조

이 정자를 어찌나 옮기고 싶은지,
임금님 다니시는 길 가까이
밭 가는 이들이 있다면
임금님은 보시리, 백성의 노고를
— 오순, 14세기, 한국*

정자가 논밭 가에 서 있은들
보려 하지 않는 이에겐 아무 노고도 안 보이리.
임금님의 신하들은 죄다 증언하리,
농부들은 허리 굽힐 따름이라고.
더 잘 아는 이 누가 있겠는가,
한때 정자가 서 있던 그 땅보다.

* 인용된 시는 오순(吳恂)의 「관가정(觀稼亭)」의 독일어 번역을 다시 옮긴
   것이다. 원문과 풀이는 다음과 같다.
   春耕欲耨夏多熱   봄에는 논 갈고 김매려니 여름이 너무 더워
   秋斂未終天已寒   가을 추수 끝나지도 않았는데 날씨는 추워지네
   安得玆亭移輦道   어찌 이 정자를 임금님 가시는 길에 옮겨
   君王一見此艱難   이 고생을 임금님이 한 번만이라도 볼 수 있을까

SEOUL, KÖNIGSPALAST

Auf den dächern, unterwegs zu den Heiligen schriften,
mönch,
      affe,
           drache,
                 schwein
                       und fabelwesen

Im gänsemarsch entlang den winkelfirsten
in die vier richtungen der welt

Alle wege führen zu Buddha

Die dachtraufenbögen
scheinen geschnitten
nach seinem lächeln

서울, 궁(宮)

지붕에는, 불경을 찾으러 가는
스님
      원숭이
            용
                 돼지
                       그리고 이야기 속 모습들

종종걸음으로 내림마루들을 따라
세상의 네 방향으로 가고 있다

길은 모두 부처에게 닿는다

살짝 휘어 오른 추녀
맞춰자른 것 같아라
부처님 미소에

  * 궁궐 지붕 위의 어처구니들의 모습과 한옥의 지붕선을 내용뿐만 아니라
    인쇄된 모습으로까지 구현한 시이다.

SEOULER STRASSENBILD

Alle menschen, schien's, sind
auf dem weg, sind
                  jung und
auf dem weg, sind
                  schlank und
auf dem weg

Das handy am ohr, schienen sie einander zu beteuern,
daß der eine für den andern wie geschaffen ist,
doch auf dem weg
in die entgegengesetzte richtung

서울의 거리 모습

모든 사람들이, 그래 보인다
길 위에 있다,
                    젊다 그리고
길 위에 있다
                    날씬하다 그리고
길 위에 있다

휴대폰을 귀에 대고, 서로에게 맹세하고 있는 듯하다,
저마다 나는 너를 위해 창조되었노라고,
하지만 길 위에 있다
서로 반대 방향을 향하며

MISSION IN SEOUL

Über den nächtlichen hochhausblöcken
christuskreuze, neonlichtumrandet
in rot, gelb, weiß, ein Disney-
himmel, geöffnet
rund um die uhr

서울의 선교

밤의 고층 건물들 위
교회 십자가들, 네온 불빛으로 가장자리를 두르고
빨갛게, 노랗게, 하얗게, 디즈니-
천국, 열려 있다
24시간

MEGAMETROPOLENBUCHHANDLUNG

Seoul, nationalfeiertag

Schon hinter der tür
abwesend anwesende,
lesend

An den regalen lehnend, sitzend
auf dem fußboden, in der kapuze
den schlafenden säugling

Seiende
im fernen kosmos ihrer sprache,

in der man
nicht erblickt, sondern
es sich zeigt

In der man
nicht hört, sondern
dem ohr es sich mitteilt

In der man
nicht fühlt, sondern
besitz es ergreift
von der seele

메가메트로폴리스 서점

서울, 국경일

문 뒤에서부터 벌써
거기를 떠나 거기 있는 이들,
읽으며

책꽂이에 기대어, 땅바닥에
주저앉아, 후드 씌운 잠든 젖먹이를 데리고

그들 언어의 먼 우주에
가 있는 이들

그곳, 스스로 찾아보지 않고
저절로 보여지는 어떤 곳

스스로 듣지 않고
귀로 전달이 되는
어떤 곳

만져 보지 않고,
영혼에 의해 소유가
포착되는
어떤 곳

Der mensch ist nicht
der handelnde, das handeln
vollzieht sich

Alles wird gelenkt
durch das tao, den
weg

Nur du auf dem weg zu den büchern
mußt deine schritte lenken,
hinwegsteigen, dich
schlank machen,

bis auch du
in diesem lesehungerlabyrinth dich fragst,
wie herum die welt fließt

행동하는 이가
사람이 아니고 행동이
저절로 이루어지는 어떤 곳

모두가
도(道),
길로 이끌어진다

책들에게로 가는 중인 너만은
네 걸음을 스스로 이끌어야 한다
떠나야 한다, 너를
가볍게 만들어야 한다

마침내 너도
읽음에 허기진 이 미로에서는 묻게된다,
어찌 사방에서 세계는 흐르는지

FAHRT MIT ALTEM MEISTER

Für Chon Tae-Hong

Im abendschatten
reisfeld an reisfeld, winzige
gelbe gevierte, matten
der mühsal

Dahinter, hingetuscht,
die gipfelzüge urwaldgrüner berge, abgetönt
mit nacht, mit durchsichtiger
blauer ferne

In die tiefe sonnenscheibe weht
des nahenden landregens
schwarze mähne

Wir nehmen den weg
ins bild

노명인과의 드라이브

전태홍을 위하여

저녁 그늘 속
잇대인 논 논, 자그마한
노란 사각형들,* 수고의
터전들

그 뒤로, 붓 획이 그려 놓았다,
울창한 초록 산들의 연봉, 한 색조 가라앉았다
다가오는 밤으로, 투명하고
푸르른 넓으로

태양 원구 깊숙이로 나부낀다
다가오는 고즈넉한 비의
검은 갈기

우리는 길 접어든다
그림 속으로

---

* Geviert. '사방터'. 사방터는 철학자 하이데거에게서 세계의 함의를 담은
  개념이다.

SCHWARZER BAMBUS

Rohr, das dem menschen
bis zum scheitel reicht

Das standhält
ein menschenalter

Das ergraut

Das abstirbt
schlohweiß

오죽(烏竹)

사람 정수리쯤
와닿는 대나무

인간의 수명을
서서 버텨 내고는

희끗해진다

일시에 죽는다
백발처럼 하얗게

JENSEITS DES TEMPELS

Der Gong hat einen Ton,
als säß in seinem Innern ein verletztes Selbst.
Angeschlagen, tönt er lange, lange.
Tief sitzt die Verletzung.
Hwang Chi-Woo

Kränkungen gibt's, von denen nur
der tod erlöst

Doch schlüge einer die seele an,
schwänge sie lange, lange
lautlos

Der, der sie hämmerte,
hämmerte in sie
den stolz

절 너머

죽음만이 구제할
모욕들이 있다

허나 어떤 이가 그 영혼을 친다면
영혼은 울려 퍼지리, 길게, 길게
소리 없이

영혼을 두드려 만든 이,
영혼에 두드려 넣었다
자긍을

KOREANISCHE LEGENDE IN ALTEM STIL

Dem könig, dem er treue schwor, die treue haltend, schied
der weise vom verschwörer. Seines mörders blick er mied
rücklings auf die brücke reitend ins gezückte schwert, ins lied.

In Erinnerung an den aufrechten Gang JUNG Mongjus
vor sechshundert Jahren
meinen koreanischen Freunden
Reiner Kunze

옛 문체로 쓴 한국의 귀한 옛날 일

충성을 맹세했던 임금께 충성 지키며 떠났네,
현인이 모반자를. 살인자의 눈길을 피했네
거꾸로 말 타고 다리 건너 가네, 뽑힌 칼 앞으로 노래 속으로

  * 이 시의 독일어 원문은 시조의 율을 갖추고 각운도 더해져 있다.
 ** 이 시는 독일 파사우와 한국 여주 여백서원에 석비로 새겨져 있는데 시인이
    다음과 같은 헌사를 추가하였다.

육백 년 전 정몽주의
바른 걸음을 기리며
나의 한국 친구들에게
— 라이너 쿤체

*** 시조 장르의 정착에 기여했을 「하여가」, 「단심가」 그리고 그것이 널리 노래
    불리며 시로 승화되는 과정을 주목하여 정교한 시조 형식에 담았다.

IM LIED JEDOCH

Für Chon Young-Ae und Park Saein
die den pfaden nachgehn
und den liedern

Verborgen vor der eigenen erinnerung
die abgelegnen plätze im gebirge, wohin
in früher zeit
          söhne auf dem rücken
die alte mutter, den gebeugten vater trugen

Auf nimmerwiederkehr, zu kostbar war
die schale reis, luden sie von ihrem dasein ab
die last, luden auf
der erde sie,
dem himmel

Im lied jedoch, das von der mutterliebe singt,
pflückt die mutter, während sich der sohn den pfad
durchs gerank der wildnis bahnt,
im vorbeigetragenwerden
azaleenblüten, die sie
fallen läßt,
          damit der sohn den weg nach haus
nicht verfehle

하지만 노래 속에서는

오솔길을 더듬어 가고 있는
노래를 더듬어 가고 있는
전영애와 박세인을 위하여

스스로의 기억에마저 숨겨진
산 속 외진 곳, 거기로
예전에
        아들들은 등에다
늙은 어미, 꼬부라진 아비를 지고 갔다

다시 돌아오지 않는 길을, 한 그릇 밥이
너무도 귀해, 아들들은 이 삶에서부터 내려놓았다
짐을, 내려놓았다
어미아비를 땅에다가
하늘에다가

하지만 어머니의 사랑을 노래하는 노래 속에서
어머니는 꺾는다, 아들이 무성한 수풀을 헤치며
길을 터 가는 동안 지게에 실린 채
진달래꽃을, 그 꽃
떨어뜨린다,
          아들이 집으로 돌아가는 길
잃지 않도록

Im lied jedoch, das von der sohnesliebe singt,
verbirgt der sohn die mutter
von der brüder schuldbewußtem blick, füllt heimlich
becher ihr und schale

Tausend jahre blickt das lied zurück
Tausend jahre blickt das lied voraus

하지만 아들의 사랑을 노래하는 노래 속에서
아들은 어머니를 숨긴다
형제들의 죄의식 어린 시선을 피해, 몰래 채운다
어머니의 물그릇과 밥그릇을

천 년 전을 이 노래 돌아보네
천 년 후를 이 노래 내다보네

VI 나와 마주하는 시간

VERSTREUTES KALENDERBLATT
Mittsommer

Heute ist des jahres längster tag
Das licht kam ohne glockenschlag
und hob dem schläfer sanft das lid

Möge ihn beglücken, was er sieht,
damit der tag in seiner seele wurzeln schlägt
und er ihn für die dunklen zeiten in sich trägt

흩어진 달력종이

한여름

오늘은 일 년 중 낮이 제일 긴 날
종도 안 쳤는데 빛은 와서
잠자는 사람의 눈꺼풀을 들어올렸다

그 눈에 들어오는 것, 그를 행복하게 해주기를,
이 날이 그 영혼 속에 뿌리내리도록
이 날을 어두운 시간들을 위해 품고 있도록

NACHZÜGLER

Wenn ein zugvogelscharm, von
                              süden kommend,
die Donau überquert, warte ich
auf den nachzügler

Ich weiß, wie das ist,
nicht mithalten zu können

Ich weiß es von klein auf

Fliegt der vogel über mich hinweg,
drücke ich ihm die daumen

뒤처진 새

철새 떼가, 남쪽에서
                          날아오며
도나우강을 건널 때면, 나는 기다린다
뒤처진 새를

그게 어떤 건지, 내가 안다
남들과 발 맞출 수 없다는 것

어릴 적부터 내가 안다

뒤처진 새가 머리 위로 날아 떠나면
나는 그에게 내 힘을 보낸다

MENETEKEL

Im juli
warfen die bäume die blätter ab
Wir wateten in grünem laub
und traten den sommer mit füßen

Im november
trieb die eberesche zarte grüne spitzen
in den frost

종말의 징후*

칠월인데
나무들이 잎을 떨구었다
수북한 초록 잎들을 철벅철벅 헤치며
우리는 여름을 밟았다

십일월에
까치밥나무가 연초록 순을 틔웠다
서리 속으로

* Menatekel. 닥쳐오는 몰락의 비밀스러운 경고. 바빌론 왕 벨사차르의
  일화에서 비롯한다(「다니엘」 5:25).

EPITAPH FÜR DIE JUNGE DICHTERIN
SELMA MEERBAUM-EISINGER

15. 8. 1924 Czernowitz
16. 12. 1942 Arbeitslager Michajlovka

Dem tod war es gegeben,
sie zu holen aus dem leben,
doch nicht
aus dem gedicht

젊은 젤마 메어바움-아이징어
시인을 위한 묘비명

생: 1924년 8월 15일 체르노비츠*

몰: 1942년 12월 16일 미하일로브카 노동수용소

죽음에게 맡겨졌던 소임,

그녀를 삶에서 데리고 나오는 것,

하지만

그녀를 데리고 나오지 못했다

시(詩)에서는

* Cernowitz. 현재 루마니아와 우크라이나 국경 지역인 부코비나(Bukowina)
지방의 주도(州都). 부코비나는 오랫동안 동구 유대인들이 살아온
유서 깊은 곳으로, 옛 합스부르크가의 왕령이어서 독일어가 사용되었으며
파울 첼란, 로제 아우스랜더, 젤마 메어바움-아이징어 등 많은
뛰어난 독일어권 시인들의 고향이다. 그런데 일차대전 이후 혹독한
근세사에 휘말려, 현재 북쪽은 우크라이나이고, 남쪽은 루마니아이다.
체르노비츠 시(市)는 우크라이나 소속이다.

DIE STUNDE MIT DIR SELBST

Mit schwarzen flügeln flog davon die rote vogelbeere,
der blätter tage sind gezählt

Die menschheit mailt

Du suchst das wort, von dem du mehr nicht weißt,
als daß es fehlt

나와 마주하는 시간

검은 날개 달고 날아갔다, 빨간 까치밥 열매들
잎들에게는 남은 날들이 헤아려져 있다

인류는 이메일을 쓰고

나는 말을 찾고 있다, 더는 모르겠는 말,
없다는 것만 알 뿐

ALS DIE DINGE WÖRTER WURDEN

Auf den getreidefeldern meiner kindheit,
als weizen noch weizen war und roggen roggen,

auf den abgeernteten feldern
las ich mit der mutter ähren

und wörter

Die wörter hatten
kurze grannen und lange

사물들이 말이 되던 때

내 유년의 곡식 밭에서
밀은 여전히 밀이고, 호밀은 여전히 호밀이던 때,

추수를 끝낸 빈 밭에서
나는 어머니와 함께 이삭을 주웠다

그리고 낱말들을

낱말들은 까끄라기*가
짧기도 하고 길기도 했다

* Grannen. 벼, 보리 등의 낱알 겉껍질에 붙은 수염.

KLEINES HOHELIED AUF DEN MENSCHEN

erfindbar sind gedichte nicht
es gibt sie ohne uns
Jan Skácel

Bescheiden ist der dichter,
der so spricht

Doch ohne uns
gibt es die erde und das all,
nicht aber das gedicht

인간에게 부치는 작은 아가(雅歌)

> 시(詩)란 지어낼 수 없는 것,
> 시는 우리가 없어도 있다
> — 얀 스카첼

겸손하구나,
그리 말하는 시인은

한데 우리가 없어도
지구가 있고 우주도 있지만
시(詩)는 없다

ALT

Das erdreich setzt dir seine schwarzen male ins gesicht,
damit du nicht vergißt,
daß du sein eigen bist.

늙어

땅이 네 얼굴에다 검버섯들을 찍어 주었다
잊지 말라고
네가 그의 것임을

VERSTUMMEN

Die kleinen heimaten in fremden ländern
sind nicht mehr

Das vorratsfach für schwarzumrandete kuverts
ist leer

Die zunge wird vom schweigen schwer

말을 잃고

낯선 나라들에 있던 작은 고향들
이제는 없다

검정 테를 두른 봉투들*을 비축해 두던 서랍이
다 비었다

혀가 침묵으로 무거워진다

* 조문용 봉투.

UNSER ALTER

Unser alter
ist das alter, dem es schwerfällt,
sich zu bücken, leichter doch,
sich zu verneigen

Unser alter
ist das alter, das das staunen mehrt

Unser alter
ist das alter, das, vom glauben nicht ergriffen,
das wort, das war im anfang, ehrt

우리 나이

우리 나이
굽히기가 어려워지는 나이,
하지만 쉬워지지
숙이기는

우리 나이
놀라움이 커지는 나이

우리 나이
믿음에는 붙잡히지 않으며
태초에 있었던 말씀은 존중하는 나이

HAIKU FÜR UNS

blütenblatt im haar
kirschbaumweiß auf greisenweiß
frühling, unsichtbar

우리를 위한 하이쿠

머리엔 꽃잎
흰머리 위 흰 벚꽃
봄, 보이잖고

FERN KANN ER NICHT MEHR SEIN

Fern kann er nicht mehr sein,
der tod

Ich liege wach,
damit ich zwischen abendrot und morgenrot
mich an die finsternis gewöhne

Noch dämmert er,
der neue tag

Doch sag ich, ehe ich's
nicht mehr vermag:
Lebt wohl!

Verneigt vor alten bäumen euch,
und grüßt mir alles schöne

이젠 그가 멀리는 있지 않을 것

이젠 그가 멀리는 있지 않을 것,
죽음이

깨어 나는 누워 있다
저녁노을과 아침노을 사이에서
어둠에 익숙해지려고

아직은 동터 온다
새날이

하지만 나는 말한다, 더는
말할 수 없어지기 전에
잘들 있어!

고목나무들 앞에서는 절하고
모든 아름다운 것에는 나 대신 인사해 주길

옮긴이의 말

낮고 조용한 목소리로 시대의 문제들을 올곧고도 섬세하게
증언하는 라이너 쿤체 시인의 글들은 그사이 다섯 권이
국내에 소개되었으나 근작 시집 『나와 마주하는 시간』 외에는
다 절판이 되었는데요, 아쉬워하며 찾는 분들이 많아
시선집을 다시 묶게 되었습니다. 삶에 대한 성찰이 담긴
시편들이 첫 묶음 '명상'에 모여 있습니다.

라이너 쿤체 시인은 1933년 동독에서 광부의 아들로
태어나 라이프치히 대학교에서 문학을 공부하고 가르쳤습니다.
동독 사회주의체제의 억압적 획일성에 맞선 대표적인
저항시인 중 한 분입니다. '프라하의 봄'에서 시작된 박해는
그에게 글을 못 쓰게 하고, 결국 그를 나라 밖으로
추방했습니다. 그런데 그의 '저항시'는 저항과 비판이 얼마나
낮고도 따뜻한, 시 본연의 목소리로도 이루어질 수 있는가를
보여줍니다. 그러한 면모가 이 시집의 둘째 묶음 '키큰
나무숲'에 담겨 있습니다. 그럼에도 독일의 분단시대에 동독을
떠날 수밖에 없었고, 서독으로 가서도, 또 통일 이후에도—
이후의 묶음들에 나타나듯—그의 예리한 사회의식과 맑은
눈길은 흐려지지 않습니다. 모든 생명 있는 것들, 아름다운
것들을 따뜻하게 바라보기 때문입니다.

셋째 묶음 '푸른 외투를 입은 그대에게'는 연시묶음입니다.
시인의 아내 엘리자베트 쿤체와 라이너 쿤체 두 분은
제가 지금까지 알고 있는 모든 이들 중 가장 아름답게 노년까지

사랑을 이어가시는 분들입니다. 국경이 삼엄했던 냉전시절, 동독 라디오에서 쿤체 시인이 읽은 시를 듣고 체코에서 보내온 편지로 시작하여 400여 통의 편지가 오간 후 만나보지 못한 채로 청혼했고 이후 험난한 세월을 함께하고 계십니다. 이 묶음의 시편들에는 그런 긴 세월과 노년의 애틋한 사랑이 어려 있습니다.

라이너 쿤체 시인은 시인 외에 다른 아무것도 아닌 시인입니다. 그렇기에 시에 대한 그의 성찰은 깊습니다. 그런 성찰을 담은 시들이 넷째 묶음 '시'에 담겨 있습니다.

다섯째 묶음 '메아리 시조'에는 한국에 대한 시편들이 모여 있습니다. 그 가운데는 독일어로 시조율이 완벽한 시조에 대한 시조도 있습니다. 쿤체 시인은 2005년 잠깐 한국에 오셔서 그의 시를 아끼는 학생들에게 시를 읽어주고 가신 적이 있습니다. 시인은 단 한 주일 머물다 돌아갔는데 귀국 후에 나온 시집 『보리수의 밤』에는 그야말로 주옥같은 한국시 열두 편이 담겼습니다. 시인의 예리한, 애정 어린 눈길에 포착된 옛 한국과 지금 한국의 면면이 담겨 있는 시편들입니다. 낯선 나라에 대한 관심과 애정이 이보다 깊기 어렵습니다.

『보리수의 밤』을 내놓은 지 12년 만에, 85세를 맞아, 시집 『나와 마주하는 시간』이 출간되었습니다. 특유의 간결한 시구에 삶의 깊이와 성찰의 무게가 더해져 한층 깊고 절절해진 시편들입니다(독일에서는 출간된 지 며칠 만에 초판이 매진되고 두 달 만에 3쇄까지 나왔습니다). 이 시집은 독일에서 나오자마자 곧바로 한국에서도 출간되었습니다. 마지막 여섯째 묶음에 그중 몇 편이 재수록되었습니다.

아름답고 귀한 동시대의 글들이, 오래 절판되어 구할 수
없던 시편들까지 조금씩 모아 담아 새롭게 책이 되니 기쁩니다.
노시인도 많이 기뻐하십니다. 이 깊고 정갈한 시편들이, 시를
아끼는 독자들의 따뜻한 손에, 무엇보다 '뒤처진 새' 같은
마음에 가닿기를 바랍니다.

　전영애 · 박세인

지은이 라이너 쿤체(Reiner Kunze)

시인. 1933년 구동독 욀스니츠에서 광부의 아들로 태어났다.
라이프치히 대학교에서 철학과 언론학을 전공했으며 강의도 했다.
프라하의 봄 이후 정치적 이유로 학교를 떠나야 했고 자물쇠공
보조로 일하다가 1962년부터 시인으로 활동했다. 1976년
동독작가동맹에서 제명당하여 1977년 서독으로 넘어왔다. 서독으로
온 후 파사우 근처의 작은 마을 에를라우에 정착하여 시작(詩作)에
전념하고 있다.
주요 시집으로 『푸른 소인이 찍힌 편지』, 『민감한 길』, 『방의 음도
(音度)』, 『자신의 희망에 부쳐』, 『누구나의 단 하나뿐인 삶』, 『시』,
『보리수의 밤』, 『나와 마주하는 시간』이 있고, 산문집 『참 아름다운
날들』과 동독 정보부가 시인에 대해 작성한 자료 3,500쪽을 정리한
『파일명 '서정시'』, 그리고 『사자 레오폴드』, 『잠이 잠자러 눕는 곳』,
『꿀벌은 바다 위에서 무얼 하나』 같은 동화, 동시집들이 있다.
지극히 간결하면서도 날카로운 비판의식과 따뜻하고 섬세한 감성이
어우러져 있는 시들로 뷔히너 상, 횔덜린 상, 트라클 상 등 독일의 주요
문학상을 두루 수상했다.

옮긴이 전영애

서울대학교 독어독문학과를 졸업하고, 같은 대학에 재직하였다.
여주에 '라이너쿤체뜰'이 있는 '여백서원'을 세워 지키고 있다.
독일 프라이부르크 고등연구원의 수석연구원을 역임했으며, 독일
바이마르 고전주의 재단 연구원이다.
저서로 『어두운 시대와 고통의 언어: 파울 첼란의 시』, 『독일의
현대문학: 분단과 통일의 성찰』, 『시인의 집』, 『꿈꾸고 사랑했네 해처럼
맑게』 등이 있고, 헤세의 『데미안』, 카프카의 『변신·시골의사』,
『괴테 시 전집』, 『괴테 서·동 시집』, 『파우스트』, 『나와 마주하는 시간』
등 다수의 역서가 있다.

옮긴이 박세인

서울대학교에서 정치학과 독문학을 전공하고, 동대학교 대학원에서
비교문학 석사학위를, 그리고 미국 노스웨스턴 대학교 대학원에서
비교문학 박사학위를 받았다. 노스웨스턴 대학교 독문과와 샌타크루즈
캘리포니아 대학교(UC Santa Cruz) 문학과 방문 조교수를 역임했다.
박사논문 『Genealogies of Lumpen: Waste, Humans, Lives from Heine to
Benjamin』을 출간했으며, 번역서로 『보리수의 밤』, 『나와 마주하는
시간』 등이 있다.

은엉겅퀴

초판 1쇄 발행   2022년 4월 18일
초판 3쇄 발행   2024년 2월 15일

지은이   라이너 쿤체
옮긴이   전영애·박세인

발행인   박지홍
발행처   봄날의책
등록   제311-2012-000076호(2012년 12월 26일)
주소   서울 종로구 창덕궁4길 4-1, 401호
전화   070-4090-2193
전자우편   springdaysbook@gmail.com

기획·편집   박지홍
디자인   전용완
인쇄·제책   세걸음

ISBN 979-11-86372-93-7 03850